Afrisiti

Carton Rouge

(Le Jour)

Alassane Abu

Afrisiti

Carton Rouge

(Le Jour)

Préface de Placide Mandona

Mukwenda

A Notre Famille FAYE,

A mon Père

Et à ma mère.

Avertissement

Ce présent recueil de nouvelles qui a pour titre *Carton Rouge* et pour sous-titre *Le Jour*, constitue la première partie de la trilogie *Afrisiti*.

«Notre société s'est forgé une nouvelle doctrine qui plonge ses racines idéologiques dans un matérialisme calculateur, emprunte son jargon à la haute finance et fonde sa pratique sur un pacte inconsidéré avec l'argent dont le pouvoir enivrant pousse à l'ostentation, à l'arrogance, au mépris du pauvre et du faible. Les traditions de solidarités, d'humanisme, de pudeur et de discrétion sont au bord de l'abime. »

Masserigne Soumaré, préface in la vie sur un fil :

Abdoul Kane, Harmattan, 2013

Préface

Carton Rouge vient de libérer Alassane Abu de son robinson littéraire pour l'introduire officiellement dans la caste ouverte de Léopold Sédar Senghor, d'Aimé Césaire, de Léon Gontran Damas, de Mariama Ba, d'Aminata Sow Fall, de Cheikh Amidou Kane, de Boualem Sansal, de Mabanckou Alain, de Wole Soyinka, d'Abdoulaye Racine Senghor, de Jean-Marie Rouart, de Goethe, de Shakespeare, de Victor Hugo etc.

En vérité l'auteur n'est pas connu du grand public de son pays, moins encore par les hommes de son quartier et de son avenue. Sa réputation laisse à désirer. Fort heureusement il écrit bien : la maîtrise de la langue française, le style, la concordance des temps, le rythme poétique, la fuite du barbarisme comme de la logomachie ainsi que la bonne maîtrise de la grammaire sont autant d'éléments

7

qui attestent. Pour toutes ses preuves, il convient de rendre hommage à cette belle plume, désormais incontestable.

D'aucuns constatent que l'écriture demeure une activité réservée aux grands universitaires, aux personnes au caractère à fleuret moucheté ou à la grandeur des établissements. Loin s'en faut. En quatorze nouvelles, denses, originelles et originales, le jeune écrivain sénégalais nous prouve indubitablement que sa science érudite ne le poussait pas uniment sur la voie monolithique de ceux qui pensent que l'écriture était claquemurée chez quelques personnes protégées par leur statut social, leur positionnement économique, leur grandeur dans la société, leurs prétendus titres académiques ou leur rang occupé dans leurs loges secrètes.

Ce préambule n'a pas pour objet de dédouaner l'auteur de ses limites puériles, moins encore de présenter une onctuosité papelarde, mais bien de mettre en lumière une vérité trop souvent méconnue dans le domaine de la publication. Mettre au jour l'ambiance délétère de la relation entre (…) les jeunes plumes confrontées au découragement des anciens combattants en la matière comme au refus sans explications rationnelle et raisonnable des éditeurs enfermés dans la bizarroïde monade.

Pour une compréhension idiosyncrasique du livre, je dois dire que « Carton Rouge » est à coup sûr la célébration endeuillée de tant de problèmes observés en Afrique en situation indicible que l'auteur nous livre. Valorisation de l'humanité nègre confrontée au doute, décryptage des croyances africaines en la superstition comme aux marabouts protecteurs, énumération de diverses maladies qui ravagent les peuples d'Afrique, en l'occurrence « Ebola », la célébration outrecuidante du racisme par les faux-vrais défenseurs logomachiques des droits de l'homme, l'immoralité dans la façon de procéder de la jeunesse, les conflits religieux, la crasse de la dictature et bien d'autres opprobres et soubresauts imposés à ces peuples longtemps niés, vendus comme marchandises et malheureusement maintenus davantage aujourd'hui dans la sous curatelle.

D'autres nouvelles développent la philosophie politique du déchirement constatée sur le continent, notamment en République centrafricaine. Important de souligner le ton qui conclut la *Nouvelle intitulée Ceebu jeen*, considéré comme une réussite exemplaire qui ponctue le dramatique et le tragique. Il y a plus, le souci constant et toujours actuel pour l'Afrique se refait lorsque l'auteur invite le continent à travers ces lapidaires mots au rythme poétique sans quiproquos :

«AFRIQUE, si tu ne prends pas conscience de ta stérilité, les autres ne le feront pas à ta place.

Le Monde t'a répudié car tes fils ne songent qu'à songer.

Tes filles ne veulent cesser d'enrichir Dior, au lieu de le faire pour O'Sy.

La cécité a voilé tes yeux et Paul ne veut t'éclairer la voie de la montagne aux milles épines.

Ta voix est devenue muette et Abdou ne veut parler que pour lui-même.

Tes ainés ne veulent jamais laisser à tes cadets le fond de la marmite.

Tu essais de sourire mais tu vois personne t'amuser, car tous sont partis au champ de repos.»

Le livre exprime l'état d'âme de l'auteur lorsqu'il souligne le chômage de la jeunesse maintenue dans l'inanition, la déliquescence et la délinquance ainsi que le refus par un éditeur conservateur de publier son manuscrit.

« La voix de la voix de l'inaudible était comme morte. Elle avait composé des histoires, des chants dans le but d'apaiser les souffrances des miniers du Golgotha et de cicatriser les plaies des Syriens; pour y parvenir, il déposa le manuscrit chez un éditeur. Après six mois, ce dernier de lui répondre :

– Jeune homme, nous n'avons, malheureusement pas pu éditer vos lettres, car personne ne vous connait. »

Déception face à la tradition, déshonneur de l'honneur de l'esprit conservateur sans rien de sérieux. C'est dans l'éponyme que Alassane Abu imprime vraiment sa marque aux dirigeants africains problématiques et que son apport peut être qualifié de magistral. Il entre dans son dessein de voir des lendemains meilleurs pour les africains avec des dirigeants humains, sinon des hommes promoteurs de la justice, du bien vivre et du vivre bien. Le Tout dans l'accomplissement des normes humaines et humanitaires. Dans la pénultième nouvelle, l'auteur contribue valablement et convenablement à rendre au monde littéraire local et international la mémoire de tant de problèmes de l'existence humaine.

11

Au total, la perfection de l'ensemble des nouvelles de Faye, l'équilibre des jugements, une écriture élégante, une littérature profonde et un itinéraire fécond; l'élégance et la vivacité du style, l'indépendance du jugement et la pertinence des propos se remarquent de la première à la dernière page. Ses choix, ses cibles, peuvent être classés parmi les meilleurs de la littérature classique. Il sied de signifier que *Carton Rouge* ne manque ni de talent ni de liberté d'esprit. L'écriture, dense, brève, comme le veut le genre, est elle même créatrice du goût de la beauté de l'art. Je souhaite un meilleur succès au livre et une longue aventure littéraire à l'auteur.

Placide Mandona Mukwenda

Ecrivain, Philosophe politique et Chercheur.

Prologue

Ecoute mon cor, je suis blessé dans mon cœur et mon corps le sens.

Ah oui ! J'ai le sang partout, qui va me soigner ?

Pas ces guerriers qui ne connaissent guerre leurs valeurs ancestrales.

Je n'ai pas le choix entre Cheikh Anta et le Pharaon,

ni entre le Nil et le Victoria.

Fils, reconnaissez-moi ! Je suis la mère

de l'homme et son ombre,

même si je sombre

dans une profonde nuit noire.

Mouhamadou EL Habib FAYE

A la Sortie de l'Etouffant Tunnel était une Tombe

Par un après-midi tiède que menaçait petit à petit le crépuscule dont les rayons dorés du soleil annonçaient, l'oiseau migrateur au long bec dont la chair tant convoitée par les féticheurs de Nocry atterrit sur la terre ferme de Ratanga après un long vol Nocry-Ratanga qui avait duré 5h.

Sous un plumage noir-blanc, le Cocoqi[1] fuyait les rives du fleuve Nocry, sa terre natale à cause des chasseurs de la tribu Yeo qui pourchassaient sa race afin de les vendre aux féticheurs qui les dégusteront pour alimenter leurs forces mystiques. Il avait quitté le pays de ses aïeuls pour trouver refuge à Dea. Mais survolant une banlieue Ratangeaise, le Cocoqi avait été tourbillonné par une fatigue fébrile à début brutal et par des douleurs musculaires. Il avait forcé, forcé, forcé, tenté de toutes ses forces, cependant tous ses efforts étaient vains. Son état de santé ne lui permettrait plus d'atteindre les rives du fleuve Dea, où il espérait trouver plus de paix et vivre en toute liberté.

---

[1] Nom imaginaire d'un oiseau.

L'attention et les regards des enfants qui jouaient paisiblement au foot furent attirés par l'oiseau fétiche qui s'immobilisait avec peine sous les caïlcédrats bordant la ruelle de la banlieue Xuja Bajan. Amusés par les déplacements du Cocoqi, les enfants ramassèrent des pierres et les lui jetèrent en ricanant. Le plus adroit lui fit grief et des gouttes de sang tombèrent par terre en formant une minuscule plaque de sang. A cet effet, il fit battre ses ailes et reprit son envol.

Macodou qui arpentait la ruelle en contemplant le vol et la beauté de l'oiseau au long bec, baissa son regard en se tournant, pour voir qui avec une voix familière l'apostrophait. C'était celle de Koita, qui le questionnait :

— Jo, ne m'avoue pas que tu cherches inspiration en contemplant ces beaux rayons du soleil, dans un seul but, celui d'écrire un légendaire poème qui séduirait Marie jusqu'à la fin de ses jours.

— Non, je ne ferai pas comme Ronsard.

— Dis-moi, d'où viens-tu cravaté comme les sapeurs du Grand Congo-Kinshasa.

– Dorénavant, notre thé sera plus sucré que jamais. Dès demain, tu iras déposer des colas entre les mains des parents de Marie, ma lumière divine, pour qu'elle vienne nous cuisiner du bon Ceebu Jeen[2].

– Boy arrête tes plaisanteries! Tu ne vois pas que je suis sur le chemin du travail.

– Je l'ai décroché !

– La cagnotte du *P.M.R.*

– Non, mais plutôt une place à l'Eldorado.

– Visa pour Paris ?

Macodou fit « non » de la tête, en souriant.

– Accouche donc !

– j'ai décro…

Etant trop pressé de savoir ce qui se cache dans la tête de son ami, Koita lui coupa la parole en lui sommant :

– Ne me fatigue pas avec tes « j'ai décroché » « j'ai décro…»

Macodou répliqua ferme, en lui chipant le verbe :

– TRAVAIL

---

[2] Riz au poisson sénégalais

– TRAVAIL ! TRAVAIL ! TRAVAIL !

– Oui ! Je sors d'un entretien, à l'issu duquel, j'ai signé un contrat de TRAVAIL.

Auréolé de joie, son cœur à travers sa voix s'exprima :

– GENIALLLLLLLLLLLLLLLLLLL !

FORMIDABLLLLLLLLLLLLLLLlLE !

FELICITATIONNNNNNNNNNNNNN!

QU'IL TE PORTE BONHEURRRRR!

La voix du cœur de Koita était tellement émue que les curieux passants et habitants de la ruelle écarquillèrent leurs gros yeux sur les deux hommes qui s'enlaçaient comme deux amoureux dont le prêtre venait de bénir le mariage.

– MERCI ! MERCI ! MERCI ! MERCI ! MERCI infiniment.

– Viens ! On va fêter ça.

Du haut de leurs 32 ans, les deux amis s'étaient convaincu depuis belle lurette, ne pouvoir être séparé que par la grande faucheuse. Ils avaient grandi ensemble dans le même quartier, parfois dormi ensemble, porté tour à tour les mêmes vêtements,

17

partagé des moments amères et agréables. Au fil du temps, ils étaient devenus une âme en deux corps.

Koita était chauffeur de mototaxi-Jakarta. Mécanicien de formation dans les ateliers de rue, il avait abandonné son métier pour devenir chauffeur de mototaxi-Jakarta car cette profession-par accident était à la mode, mais aussi le chemin le plus rapide pour empocher beaucoup de sous. Quant à Macodou, après de longues études en sciences économiques, après de multiples stages sans lendemain et après avoir passé durant de longues années à compter les poteaux alignés dans les rues et ruelles de Ratanga à la recherche de la sortie de l'étouffant tunnel, est devenu aujourd'hui comptable d'une célèbre entreprise de la capitale.

Koita plongea sa main dans la poche droite de son pantalon élimé et en sortit une piécette de 50 FCFA.

– Donne-moi deux beignets de mil, dit-il, à la petite vendeuse attablée sous les caïlcédrats. En échange de la piécette, la petite lui tendit deux beignets enveloppés dans un morceau de journal. Il prit sa commande et en prit un pour le donner à son compagnon, en lui disant :

– Faisons le « *jink* » pour célébrer ce si beau jour. Avant de manger les beignets, ils les firent choquer pour qu'ils « sonnent » «*jink*», identique au bruit que produisent deux tasses de vers qui se choquent. Quand les deux délices se rencontrèrent, le beignet de Macodou glissa et roula par terre. Ce dernier le ramassa et le souffla pour enlever les grains de sable.

– Qu'est-ce que tu fais ? Lâche ça ! Ordonne Koita à son camarade.

Sans prendre garde aux paroles de son ami, il avala le beignet, en disant :

– Nous sommes des nègres !

– Où fondes-tu tes pensées idiotes ? Mon cher ami, notre continent est miné de maladies mortelles propagées par des microbes et des virus sans frontières, dont certains sont inconnus. En plus, si notre système immunitaire pouvait quelque chose contre les microbes, on ne compterait pas de million de morts provoqués par des maladies comme la tuberculose, le cholera ou Ebola.

– En parlant d'Ebola, as-tu déjà vu un habitant du Ratanga en mourir? Depuis que cette fièvre hémorragique s'est déclarée dans le continent, l'Etat a pris des mesures drastiques pour chasser du revers de la main tout risque de contamination, en faisant par exemple fermer les frontières que notre pays partage avec Nocry, où l'épidémie ne cesse d'anéantir la population. Qui plus est, nos guides religieux ont lancé des prières sur la population, dont le but est de les immuniser contre Ebola.

Il se tut un instant, puis continua, en qualifiant Koita de « toubab » et de n'être pas un vrai « Nègre ». Le chauffeur de lui répondre :

— Même si nous sommes des nègres, cela ne signifie en aucun cas que nous sommes au-dessus ou au-dessous de l'humanité. Arrivé devant l'atelier de mécanicien, où il avait garé son mototaxi pour un besoin de réparation, Koita chargea son ami de lui saluer les gens de la maison.

*

* *

Deux jours plus tard.

Tard dans la nuit, Macodou fut réveillé par une fièvre et par des lourdeurs de muscles. Il pensa :

« C'est peut-être à cause du travail que je viens d'entamer. Mon corps ne s'est pas encore habitué à ce nouveau décor, se réveiller chaque jour à 5h du matin pour ne pas arriver en retard, batailler dur pour avoir une place dans le *tata*[3]... » il conclut en espérant se sentir mieux durant les deux jours à venir.

Mais au bout de deux jours, son espoir est renversé par des vomissements suivis d'une diarrhée qui le contraignent de garder la maison, où il vivait seul avec sa mère, Yande Ngilane. Elle lui fit boire des racines et écorces d'arbres bouillies en le rassurant:

« Ce n'est qu'un toy, bois et tu te lèveras pour aller travailler demain. »

Le lendemain, tout son corps se sentait au bord du gouffre. Il prit des « *ngoket*», mais peine perdue. Marie, qui fut au courant de la situation, vint voir l'élu de son cœur. Assise à son chevet et faisant face à Maman enfouie dans un fauteuil qui faisait office aux invités de Macodou, elle prit parole :

« Je viens de chez un grand marabout, qui après avoir consulté ses cauris m'a dit que le mauvais œil et les mauvaises langues sont les causes de la maladie. En effet, c'est l'un de ses vieux compagnons jaloux de son travail et de notre futur mariage qui lui a jeté un mauvais sort. »

---

[3] Moyen de transport

S'adressant à Yande Ngilane, elle lui remit une bouteille de mixture de 5 litres que le marabout lui avait remise en échange de 50.000 FCFA. Puis, elle poursuit le rapport des divinations du marabout :

« Il m'a même confié que l'homme en question se présentera ici aujourd'hui même»

Lorsqu'elle finit son récit, le vrombissement d'une moto se fit entendre.

– Asalamalekum ! Fit Koita en franchissant la porte d'entrée.

Maman se leva et se rua sur Koita, lui déversant toute sa bile et Marie le traita de «Dëm »[4].

Dépassé par la réaction accueillante des deux femmes, Koita prit en hâte le chemin de la sortie, bondit sur la Jakarta et démarra sous les regards avides des curieux venus voir le degré de la tension qui prévalait chez Yande lorsqu'ils furent alertés par les voix des deux femmes.

---

[4]Sorcier ou anthropomorphe.

La venue de Koita avait accrédité les paroles du vieux marabout. Par conséquent, Maman accompagnée par Marie se rendirent chez l'homme savant qui leur donna d'autres bouteilles de safara et de mixtures et d'amulettes. Le tout facturé à 250.000 FCFA. Une somme que Maman va « emprunter » à la caisse de tontine qu'elle gérait pour l'association des femmes de *Xuja Bajan*. Espérant la rembourser sans que personne ne s'en rende compte, lorsque son fils percevra son premier salaire. Macodou fit les recommandations du marabout, en se baignant avec certaines, en buvant des gorgées infectes et nauséabondes et en portant des amulettes. Ces dernières n'en purent rien. Il demeurait accoler au lit.

Durant les prochains jours, une hémorragie des gencives et cutanés vidèrent presque tous ses globules. Les choses devenaient de plus en plus graves. Marie suggéra alors de l'amener à l'hôpital.

*

* *

Il fut admis au poste de santé de Ratanga.

Le docteur Moulaye lui fit un prélèvement sanguin qu'il envoya dans un laboratoire, sis dans la capitale. Les résultats tombèrent le lendemain.

23

A la lecture du rapport d'analyse, le docteur Moulaye tressaillit, en se disant à plusieurs reprises :

« Ce n'est pas possible ! »

Sur les feuilles blanches qu'il lisait tout tremblant, l'encre avait noirci en gras :

« Baisse de la numération leucocytaire et plaquettaire, ainsi qu'une élévation des enzymes hépatiques… »[5]

Il n'osa pas lire la conclusion.

*

* *

Lorsque la serrure de la porte claqua, Macodou rassembla ses maigres forces pour regarder qui la porte laissait entrer. Il espérait voir sa mère ou Marie qu'il n'avait plus vu depuis son isolement. Mais la porte fut refermée par un individu dont l'habillement en blanc ne laissait pas deviner l'identité. En effet, l'homme portait un masque sur le nez et environ, sa tête capuchonnée. Ses mains étaient cachées par des gants en plastique.

---

[5]http ://www.who.int/mediacentre/factsheets/fs103/fr/ (consulté le 20 décembre 2015, aux environs de 15H)

Ses pieds chaussaient aussi de solides bottes en plastique. Le reste était protégé par une blouse blanche. Macodou se dit aussitôt :

« Il me semble que j'ai vu quelques parts cet homme qui avance vers moi. D'ailleurs il est en vogue. »

Il creusa davantage sa mémoire et se rendit compte qu'il avait raison car il avait vu plusieurs fois la photo ou l'image de cet homme en blanc sur la une des journaux et à la télévision.

Après avoir reconnu l'homme, il le mit en corrélation avec ce qui l'avait rendu célèbre. Par la suite il prit conscience de sa maladie et sentit pour la première fois que tout était fini. Tout était fini, tout ! Il ne recevra jamais son premier salaire, Marie ne portera jamais ses enfants, il ne verra plus jamais ni sa mère ni Koita. Il ne lui restait qu'attendre le point final qui marque la fin de l'existence.

« J'ai tout perdu. Tout ! A cause de… Il réfléchit un instant et formula des hypothèses: Koita ? NON, je ne pense pas qu'il soit derrière ma maladie, car du mauvais œil et de la méchanceté ne peuvent en aucun cas être les causes.

Peut-être, les bananas que j'avais achetées chez les Heuls. Ce peuple, venu de Nocry, a surement amené la maladie. Il faut que l'Etat et les citoyens se dressent contre ces sales « ngaks»[6] qui nous volent nos travails et nous ramènent de la saleté, de la maladie et de l'insécurité... »

Un bruit sec venant de la fenêtre mit fin à ses suppositions. C'était un oiseau qui avec son long bec frappait la glace de la fenêtre. Macodou reconnut l'oiseau. C'était le Cocoqi, l'oiseau mystique.

A chaque coup sur le verre, il s'y rependait des images. En effet, elles montraient le jour, où cravaté Macodou avait obtenu le boulot. Sa rencontre avec Koita, puis en grand angle le beignet qui l'échappa et roula par terre sur une fine flaque de sang. Ce sang provenait de l'oiseau au long bec que des enfants jouant sur les ruelles avaient blessé en lui jetant des pierres. Elle montra enfin la mort terrible de l'oiseau sur les rives du fleuve Dea.

Lorsque le film se termina, l'oiseau s'envola laissant place à la grande faucheuse qui mit fin à la mission de Macodou sur terre par l'entremise d'Ebola.

---

[6]Mot wolof xénophobe qui signifie étranger.

La Maison de mon Père

Après avoir pris la fuite avec sa famille, Dangry Joël revient pour visiter sa maison.

La maison était délabrée. Les sentinelles de l'anonymat qui défendaient les entrées principales des temples du savoir ou des forteresses de billets verts, laissaient les murs de la villa béants. Ces derniers étaient lézardés, tachés de globules blancs que des herbes mortes semblaient dissimuler. Quant aux revêtements de sol en granite que des domestiques rendaient chaque matin et chaque après-midi miroitant et accueillant, ils avaient tout simplement disparu.

De nouveaux locataires ou propriétaires la géraient. Des margouillats se promenaient et jouaient sans soucis dans la cour. Un Caméléon reprenait la couleur grise des feuilles du grand manguier mort qui se dressait devant l'entrée de la bâtisse qui abritait salons et chambres à coucher. Tout au fond du salon des chatons tétaient les seins de leur auteure. Des chauves-souris planaient au-dessous des fers de 11, 13 et 07 et de fils de fers rouillés qu'enveloppaient jadis ciment noir et blanc, grains de riz, béton, sable... Un grand et profond trou était sur la place où se trouvaient les battants qui abritaient les papiers qui me faisaient aimer l'architecture des pyramides des Pharaons, la force et le courage de Chaka Zoulou, les *femmes nues et femmes noires* que de grands maîtres de la plume avaient immortalisés. Le trou était soit la porte de la résidence d'une famille de serpent, soit celle d'un rat. Les araignées ornaient tous les coins et recoins de la véranda qui menait vers la chambre de grand-mère et de ma petite sœur. Debout sur le seuil de la porte de la chambre de ces dernières, j'apercevais des vêtements travaillés par le temps et la méchanceté du fils d'Adam, habillaient des os dont l'œuvre des tranchants et d'armes à feu se lisaient sur le crâne. Peut-être, c'était les restes d'une fille qui après avoir été violée, avait été massacrée. Soudain la mémoire de la vieille époque me traversa l'esprit. Jadis, on ne pouvait pas imaginer ces scènes. La maison était entretenue de fond en comble. En plus des domestiques, un service de nettoyage de maison venait l'assainir chaque fin de mois. Papa ne pouvait tolérer une toute petite tache sur les carreaux ou un tracé de craie sur les murs, même invisible à l'œil nue. Si ces taches y figuraient, il nous (moi et ma petite sœur) harcelait en nous menaçant et traitait ma mère de feignante.

A cette époque, armés de lances pierre et d'objets pouvant envoyer ces sales bestioles en enfer, nous menions des guerres contre eux. Les margouillats et les salamandres étaient traqués, puis décapités ensuite éventrés, enfin exposés au soleil. Quant aux chats, souris et rats, avant qu'ils ne soient corrigés, ils étaient poursuivis jusqu'aux profonds et inexistants endroits ou parages de la maison. Ces aventures nous (mes copains et moi) donnaient d'immense plaisir.

Cette maison qui était sise dans l'un des quartiers les plus chics de *Ratanga*, était aussi une villa 5 étoiles gratuite. C'était un temple ouvert à tous. Européens, asiatiques, africains, américains et néo-zélandais s'y côtoyaient. Des gens, qui nous étaient inconnus, venaient partager avec la famille la demi-baguette de pain, le grain de riz, la demie tasse de thé, le plat de couscous, les contes de ma Grand-Mère, les matelas et les couvertures qui nous protégeaient du froid. Mais maintenant tout cela est fini car le vent de la guerre a tout balayé.

Ste Pié7 d 5 Fr[7]

Ste pié7 d 5 frs ntr am de fe c ét1te ralumé par s Dsir mortel d vs

avwr dn no pch no afamé mains s chok dn ls sacoch.

Ste vs condisioné mêm d choz 1nsensé de 5'' ki sotiy sur s no yeu

rivé

---

[7]**Sainte Piécette de Cinq Francs**
Sainte piécette de cinq francs, notre feu de l'âme s'est éteint, rallumé par un désir mortel de vous avoir dans nos poches nos mains affamées se choquent dans les sacoches.
Sainte piécette de cinq francs, vous conditionnez même de choses insensées de cinq secondes qui ôtent notre regard sur ce que nous visions.

Génération S.M.S

La nuit avait totalement vaincu le quartier mal éclairé de Xuja Bajan[8], quand 03 heures du matin sonna. Aucun être vivant ne s'aventurait dehors, tout dormait profondément sauf les S.W.A.G Boys qui étaient en train d'ingurgiter leur énième tasse de thé, ignorant royalement l'heure qu'il faisait. Emportés par leurs ragots sur ce qui était à la mode, ils avaient même oublié qu'ils devaient faire ignorer l'ignorance du continent noir au monde. Habillés de vêtements pas digne d'un homme, Défaillant, Teuss et Buzz étaient assis sur un banc public, parmi ceux qui bordaient la grande allée du Bayal Xuja Bajan que les gens nommaient: la place des S.M.S. (Sans Mentales Sociales) et continuaient à discuter ainsi :

– Boys, dit Teuss en guise d'introduction à un nouveau sujet, je flirte et tète les orangettes d'une inexistante que je ne pourrais nommer.

– Si tu voyais les fesses de ma bichette, contredit Défaillant, on dirait une Jongama[9].

---

[8]Une allée imaginaire caractérisée par le désordre.
[9]Femmes sénégalaises ayant un âge mur et qui se font remarquer à cause de leurs formes physiques.

– Ne me tympanisez pas avec vos bantes[10]*ballets*. Moi je n'ai rien à envier aux hommes mariés; d'ailleurs je vais vous montrer la preuve, s'imposa Buzz en sortant son Smartphone de dernière génération.

Il fit parcourir les vidéos et appuya sur play lorsqu'il arriva sur ce dont il cherchait.

– Regardez !

C'était une vidéo qui montrait Buzz en plein ébats sexuels avec une fille. Mais ils ne purent continuer à regarder la vidéo jusqu'à son terme, car Buzz qui avait les yeux ailleurs, interpella leurs attentions et leurs regards à l'endroit d'une belle étoile qui filait devant eux. La derrière de la dame toute belle et ronde leur faisait face. Buzz ébloui, apprécia :

– Eh ! Wawwwwww ! Quelle *bounesse[11]* !

– *Show[12]* vient me faire un show[13] sur mon lit! Interpella Défaillant.

---

[10]Elément composant les ballets qui servent à nettoyer.
[11]Grosse fesse
[12] Bonne meuf
[13] Spectacle

– Boys laissez-moi l'emmener sur mon lit! C'est à cause de ces occasions que je me tue aux entrainements, dit Teuss. Elle retourna la tête. De ce fait, Teuss devint muet, paralysé et s'effondra sur le sol.

– Jo[14], qu'est ce qui se passe ? Demanda Buzz à Défaillant qui essayait de réanimer Teuss

– Putain de merde ! C'est sa mère.

---

[14] Langage des jeunes sénégalais qui signifie copain.

Petit Camp

Assis sur le sable, Flo nouait les lacets de ses chaussures crampons avant de se lever, en relevant ses bas de *Barça*.

– Faites vite, presse-t-il les autres qui étaient en train d'arranger un petit espace de foot, avant que nos grands ne débarquent !

Tshibalala Madiba, Florentin Gertrude Amagoua, Ndongol Dara et EL Boutaib, les inséparables compagnons de foot, dont les âges tournaient autour de six et neuf ans, avaient délimité à l'aide de bâtons et de briques ramassés çà et là une petite aire de jeu dans l'unique espace foot de la commune de Ratanga. Ce petit lopin de terre était l'unique place où les jeunes originaires des 40 villages de la commune, pouvaient pratiquer le sport de leur choix. En effet, les autorités et les notables de la cité avaient dilapidé toutes les terres, leur laissant qu'un tout petit lopin pour les besoins sportifs. Même les collégiens de la commune de Ratanga pratiquaient l'éducation physique et sportive sur ce morceau de terre. Pourtant les quartiers, qui formaient la commune, étaient distanciés du terrain de 8, 14 ou 56 km. Il était difficile pour les jeunes d'y accéder, car les moyens de transport étaient rares et les voies impraticables. En somme, les conditions de pratique de sport pour les habitants de cette commune étaient exécrables.

Les aspirants aux grands champions de foot s'étaient donnés rendez-vous dans ce qu'ils appelaient affectueusement «Petit Camp» pour rejouer le match qu'ils ont suivi hier dans le petit écran qui marchait à l'aide d'une petite batterie de voiture. Leurs idoles Drogba, El Hadji Ousseynou Diouf, Samuel Eto'o, Brahimi… s'étaient réunis au Stade de Bangui pour jouer le match de la réconciliation et de la reconstruction du continent noir, déchiré par des guerres civiles et des conflits religieux, ethniques et politiques. Pour la circonstance Madiba arborait, comme toujours, le maillot de son joueur préféré, Drogba. Il avait même noué ses cheveux comme l'éléphant. Quand il finit d'arranger l'air de jeu, il prit le ballon qui était fabriqué à l'aide de sachets, d'ordures ménagères et de préservatifs et dit à ses camarades :

— Boys, avez-vous vu, comment Eto'o a driblé Jérôme Boateng avant de…

Et il frappa le ballon qui se dirigea droit au but. El Boutaïb à qui son grand frère, émigré, avait offert un équipement de la

Juventus de Turin n'avait aucun fils noir ou blanc qui habillait sa maigre poitrine. Sa mère rattachait les tissus délabrés et avait lavé le reste de l'équipement. Seule la culotte de son maillot lui servait, aujourd'hui, de tenue de foot.

Lorsque Ndongol Dara tint le ballon sous son tic-tac[15] gauche qu'il avait soudé, ressoudé et reressoudé à l'aide des plastiques venues des quatre coins du monde, voulant donner le coup d'envoi du derby, les lutteurs qui venaient pour s'entrainer, sifflèrent:

– C'est fini. Allez jouer ailleurs !

Chassés par les mastodontes des arènes du continent noir, ils quittèrent en hâte le terrain et se mirent à chercher un endroit où ils pouvaient aménager leur petit camp. Ils finirent par en trouver un. Rapidement EL dégagea le ballon.

– Je crois qu'en passant par ce coin nous éviterons d'acheter *Ardo*, dit le chauffard aux passagers.

La voiture routa alors sur cette voie qu'avait suggéré le chauffard qui n'eut pas conscience que des gamins jouaient dans ce coin, par conséquent la voiture qui n'ayant ni de frein ni de klaxon,

---

[15] Chaussures en plastique

heurta Ndongol Dara qui avait les yeux rivés sur le ballon ayant qu'un seul but en tête: scorer. Ensanglanté et brisé, il fut acheminé à bord de cette même voiture dans les locaux de l'hôpital principale du pays, située à plus de 200km du lieu de l'accident. Les deux routes principales barrées par des soi-disant manifestations religieuses et la grève des étudiants de l'universiti[16] et les routes défectueuses empêchèrent la voiture d'atteindre rapidement l'unique maison d'hospitalité du pays qui avait une très bonne réputation saluée, appréciée et admirée à travers le monde: celle d'être la plus grande faucheuse et hécatombe qu'aucun pays n'avait jamais connu. Personne n'ignorait, quand vous y entrez, vous sortirez par la grande porte sacrée, gardée par deux Abdou Jambar[17], chacun tenant un gourdin et prêt à vous conduire devant le Grand Juge, l'Omniscient, l'Omnipotent.

---

[16] Mot composé d'univer qui vient du mot anglais « university » et de siti qui vient d'un groupe mot *wolof « Ndoxum siti ». Ce dernier est une maladie.*
[17] Un ange imaginaire qui demande aux morts le compte rendu de leur séjour terrestre.

groupe scolaire marché sandaga

moi monsieur moi monsieur

allez-y mademoiselle la classe se tut et laissa la voix de l'interrogée qui donna cette réponse *hernani sow fall* est l'auteure de *l'arbre du patriarche* le professeur d'apprécier

c'est merveilleux applaudissez la c'est une excellente réponse

le cours de français se poursuivait ainsi par des interrogations relatives aux auteurs de la littérature du continent noir jusqu'à ce qu'un élève tambourina la porte

le professeur de lui dire cher élève à défaut de me présenter un billet justifiant votre retard attend le prochain cour l'élève n'avait point obéit Il avait fait de grands bruits avec ses tims en rejoignant sa place et en criant haut et fort

JE PAIE MON ARGENT !

Matinée ou Maternité !

Folklores ou folles colors ?

La loi y est absente.

Ne me demandez pas pourquoi des femmes pleurent d'émotion au lieu d'en rire.

Elles étaient venues quatre jours à l'avance. Bajjan[18] Kastou de Boulogne et tata Ndiémé qui habite tout près, bo jade kogn[19]. Elles avaient préparé l'évènement comme si elles allaient à une expédition, destination Venus. Arrivées au terminus, elles n'avaient pas de place, où elles pouvaient poser leurs têtes jusqu'au petit matin. La maison était très étroite et ne pouvait pas accueillir tous les invités. Certains dormaient par terre et d'autres sur des chaises.

Linguère Amina Sene, tu es la digne héritière de Dior Yacine Isseu Thioup.

Sene Jali, Tu es la fille des braves Soxnas et du Capitaine Courage Mbaye Diagne.

Sois notre lumière et notre Oasis !

Les enfants ont, à l'occasion, perdu

---

[18] Sœur du père

[19] *Equivaut à deux ou trois maisons séparent les résidences.*

Papa, maman, frères sœurs et tantes.

Ils courent autour de la cour vers tous les sens nus,

Sous les tentes.

Hahahaha Hahahaha Hahahaha

La religion est morte. Ne me demandez pas comment.

Comment un franc CFA est né, habillé, bercé, nourri, béni et dépensé.

Grande sœur, suant depuis des centaines de siècles sur les perrons pour un centime, déverse toute la monnaie pour que les commères en fassent un sujet sur les chemins du marché.

Saaaaaaaaaaaaadioooooooooooooooooooo

Les invités conseillent aux heureux mariés d'avoir le *sutura*[20] sur tout ce qui passe dans leur foyer. Mais, demain les tam-tams rythmeront, annonçant la virginité de la jank[21]. Même les bébés sauront ce qui s'est passé durant la nuit d'hier entre les nouveaux mariés.

Reung reung reung reung mbasa mbasa

---

[20]*Discrétion, pudeur*
[21]*Jeune fille vierge*

Les voisins ont fait une croix sur le repas familial, elles ne cuisineront pas car elles dépendent des mets de la cérémonie. Ils apportent des bols pour qu'on serve les gens de la maison.

«Donne-moi la part de Papa qui est à 150 km, dans un petit bol, pour qu'il puisse gouter aux délices des sauces !»

Les pots de chambres deviennent pots de lait.

Lait-Ceeb[22] est à la mode.

Les invités se fâchent :

– Ah ! Nous ne sommes pas rassasiés.

– Il n'y a ni eau ni boisson.

– Cippppp, Ngak Jom, Ngak Fule, Ngak Fayda ! Il devrait plutôt construire des toilettes au lieu d'appeler des griots.

ElissssssssssssssaaaaaaaaTasssssssss sa cheveux !

Louissssssssssssssssssssssssssssssaaaaaaaaa

kuyyyyyyyyyyyyyyyyyyyyyyyyyyyyyyyyyyyyyyyy

Tasssssssssssssssssssssssssssssssssss sa cheveux ?

Les heureux mariés, venez ! Ordonna un proche parent.

Saluez-le, c'est votre tonton Salif.

Ils s'exécutent en doutant.

---

[22] Riz avec du lait

C'est aussi la première fois qu'on voit des voix qui vocifèrent la force des vertus du vieux *Vieux* qui força les fenêtres des forts pour affranchir ses fils.

Ndeyooooooooooooooooooooooo Ndeye[23]

Voici le Ndeye.

On l'accueille avec des battements d'ailes.

Elle a amené un seau et un xartum[24].

Va-t-en, lui sourit-on, vieille cane.

Comme une caméléonne, la Jeke[25] arrive.

Les tam-tams se tuent.

Elle se tue :

Dix millions de FCFA, une voiture, cinq chameaux pour sa petite sœur.

Mais chez elle, le voisin n'a hier soir pas pu dormir. Il avait besoin que de cinq mille FCFA, pour payer ses médicaments.

Les Bongos[26] annoncent la maman.

Elle n'ose pas laisser sa fille nue.

---

[23] Marraine de la mariée
[24]Tissu africain n'ayant pas de valeur colossale
[25]Marraine du marié.
[26]Instrument de musique africaine

Donc elle dévalise les valises.

Mais le lendemain, elle est toute nue.

Des gens sont venus demander leurs dus.

La police l'a embarqué.

Hiiiiiiiiiiiiiiiiiiiiiiiiiiiiiiiiiiiiiiiiiiii

La police était aussi là, fondue dans la foule, à l'heure où le soleil fond la glace, pour honorer un hors la loi.

Ceebu Jeen

Il était seize heures. Les ventres pleuraient. Djiby ne cessait d'effectuer des allers-retours de sa chambre à la cuisine. Mais bientôt, il entendit le bruit du Jurmar[27], ensuite sentit l'odeur du ceeb puis du jeen. Faisant le rapprochement de ces indices, il conclut avec un grand sourire qui lui fendait les lèvres : ceebu jeen. Dix minutes plus tard, Magatte sortit de la cuisine, tint sur son majeur un plat de riz découvert qu'elle déposa au milieu de la cour, sous le manguier fleurissant, à côté du seau remplit d'urine et d'excrément, où nageaient les laytay[28] du petit Abdou depuis deux jours et où bourdonnaient un essaim de grosses mouches vertes.

– Kay len wan[29]! Ordonna-t-elle aux gens de la maison.

Djiby percuta la porte de la chambre, elle vola en éclat.

---

[27]Grande cuillère servant à remuer et à servir les mets.

[28]Mot wolof désignant : couche pour enfants qu'on fabrique à l'aide d' anciens vêtements.

[29] Mot wolof qui veut dire: venir manger de manière arrogante et indisciplinée.

Comme un éclair, il atterrît sous le manguier. Debout, il contempla le désordre et la saleté entourant le lieu du repas puis ouvrit les yeux sur le plat. La couleur du riz était rose, normalement elle devait être rouge. Il était éparpillé de telle sorte qu'on voit les rouilles du plat. Les poissons surmontaient les légumes et des fleurs tombant du manguier ornaient le riz.

Magatte, assise entre Salif et Marietou se mit automatiquement à mouler le riz, sans la présence des autorités de la maison, Ba et Yaye. Tout en broyant le riz comme une machine, elle leva le regard sur son mari qui demeurait debout et ensuite en un clin d'œil retourna à la chambre en ayant le visage, le cœur et le ventre creux en feux.

– Où sont les vieux, ne bouffent-ils pas ? Demanda-t-elle à une frange de l'assistance, Salif et Bineta, frère et sœur de Djiby.

Ceux interrogés ne donnèrent pas de réponse. Un Baay Fal se pointa devant la porte de la maison et demanda à manger par l'entremise de chants spirituels. Magatte de lui répondre sur un ton sec et élevé:

– Ne nous embête pas! On n'a rien à te donner. Vous pensez qu'on ne vous reconnait pas. Vous vous cachez derrière le masque du Baay Fal, pour bien observer nos maisons pour venir la nuit nous dévaliser…

Le Baay Fal n'attendit pas le reste du discours. Il referma la porte et s'en alla.

Apres cela, ils continuèrent à manger. Salif, qui écoutait de la musique américaine avec de gros écouteurs, reprenait les paroles de la chanson, par conséquent des portions de riz, venant de sa bouche tombèrent sur le plat. Bineta trancha un poisson et du sang en ressortit. Les enfants (Jean le neveu de Djiby et le petit Abdou assis sur la cuisse de sa mère, Magatte) se chamaillaient.

Rougie par cette altercation, Magatte plaqua la face de Jean contre le plat de riz. Afin de répliquer pour son neveu, Salif prit le couteau qui servait pour trancher les limons et poignarda Magatte qui s'endormit éternellement.

Le Château

A Mariama (Marie) Séne

Enfin le cœur d'*Espoir* était comblé, lorsqu'il se tenait debout sur le tapis rouge qui menait vers la gigantesque porte en or. Clefs en main, son dos faisait face à une foule sans nombre qui attendait, qu'il lui ouvre la porte de la cité des Sans Soucis, où nul ne mourra de faim, de soif, de honte et de désespoir.

La mémoire collective ne pouvait plus se remémorer le temps, où il avait été conduit par ce peuple à prendre les chemins des paysans, des piroguiers, des oiseaux et des fusées. Destination, là où il pourrait trouver la clef de la cité des Sans Soucis.

Là-bas, il avait fouillé dans *les Poubelles de l'Espoir* pour aller construire des *Termites du Salut*, passé la nuit dans les décombres de la cité du néant, visité *le cimetière des masques* durant tous les tierces d'automne, toutes les secondes d'hiver, toutes les minutes du printemps, toutes les heures d'été. Cette fameuse clef, Il l'avait cherché partout et nulle part pendant toutes les journées et toutes les nuits de sa vie, sans pour autant cligner l'œil.

Assigné par son peuple à condamner leurs souffrances dans les cachots de l'oubli, il s'était fait maçon, menuisier, laveur, éboueur… Sa tâche était de cicatriser les plaies de ses compatriotes c'est pourquoi il avait couru, sauté, et même volé quand le regard des policiers lui disait : « Sale nègre, sans papiers, qu'est-ce que tu fous ici? » Pour avoir les sous qui lui permettront d'avoir la clef du bonheur, il avait même souri lorsque entrain de ramasser des poubelles, le petit blanc avait mis sa majeur dans le trou à l'aide duquel il déféquait.

Un soir, la glace lui montra son visage et son peuple debout derrière elle. Son image était devenue maigre et laide, son sourire ocre, alors que jadis il avait un très beau visage et un sourire blanc-caolin que tout le monde lui enviait. A travers le regard de son peuple, il vit que le noir régnait dans son pays depuis des milliards d'années. Alors il alla soulever la sacoche que son peuple lui avait remise lors de son départ.

Il jaugea le contenu et fut satisfait des pièces et des billets de Cauris, de marks, de Roubles, de francs, de Yens… L'idée qui lui traversa alors l'esprit fut de rentrer au pays.

Lorsque la terre accueillît la pluie et que le soleil se pointa à l'horizon, les oiseaux et les arbres, les hommes et les femmes abandonnèrent la saison du silence. Ils contemplèrent l'éclatant soleil qui fendit la nuit à jamais.

Alors hommes et femmes, enfants et vieillards se retrouvèrent autour du Baobab royal, les tam-tams rythmèrent en accompagnant les chants des griots et les chœurs des oiseaux. Les enfants et les arbres harmonisèrent les choses en dansant. Hommes et femmes servirent le buffet. Les vieillards se soulèrent. Tous avaient brulé leurs taudis et oublié leurs cicatrices. Ils avaient assigné à des hommes venus d'outre-mer de leur construire un château dans lequel tout le peuple habiterait.

Enfin Espoir était comblé car après des jours, des mois, des années de labeur les hommes d'outre-mer déposèrent entre les mains d'Espoir la clef du château et rentrèrent chez eux. Le peuple qui, à la venue d'Espoir, festoyait sans arrêt, mit fin à ses jouissances pour se concentrer sur l'ordre du jour : l'inauguration du Château ou la Cité des sans soucis.

Le Peuple était debout et admirait l'immense Château et fit de même pour son fils qui avançait sur le tapis rouge qui menait vers la porte en or. Arrivé devant la majestueuse porte, ses mains mirent la clef dans la serrure en diamant et lorsqu'elles tournèrent le mécanisme un grand bruit remua le monde entier et personne n'en croyait, car c'était un Château de Carte

Gnew Gnew Gnew…

Devant la camera de la *R.T.G*[30] Atoumane, le bujuman[31], fit cette déclaration:

« Dans mon piaule tout en désordre, miaulait un chat sous l'armoire, je supposais. Je m'approchais alors, désencombrant ce qui m'empêchait de le consulter. C'était vraiment une petite chatte, de couleur noire. Elle était coincée par un gros sachet en plastique noir. Je pris la chatte dans mes mains, elle était douce, naine et avait aussi faim. Malgré que je la mis hors de danger, elle continuait de miauler, cette fois-ci en fixant le regard sur le sachet en plastique noir. De ce fait je la déposai dans les ordures de vêtements et d'autres objets ramassés à *Mbeubeuss*, m'accroupis et le dénoua.

C'est ainsi que je pus comprendre qu'elle miaulait pour le compte d'une autre créature abandonnée à son destin dès sa prime respiration. La voici, c'est une fillette.»

---

[30]Radio, télévision ratangeaise
[31]Quelqu'un qui ramasse des ordures et les vend.

Le Petit Prométhée ne sera pas un Ecrit-vain

Le peuple perdu cria :

Oh ! Nous sommes perdus. Notre littérateur ne libèrera plus la liberté au Liberia.

Nous aurons soif et nos plaies réapparaitront.

L'apprenti littérateur avait tout juste dix-huit ans lorsque sa mémoire et sa conscience s'évaporèrent loin, très loin de ces biceps encore frais. Il était dans un autre monde.

De ce fait, en chantant un langage saoul il divaguait entre les ruelles où sillonnaient les eaux usées.

L'homme, qui aurait pu être un *Aimé Césaire,* avait épousé la littérature depuis l'âge de 5 ans. Ensemble, ils mirent au monde des filles et des fils qui endossaient les sacs d'or durs des enfants du *Gold Goast.* Ils mettaient toutes leurs forces pour sauver l'humanité. Son principal souci était de chercher les moyens et les voies par lesquelles l'humanité pouvait emprunter pour s'épanouir.

Un jour, celui qui espérait être un futur poète traversait la rue, quand il vit une lycéenne qui était sur le chemin de l'école. Pour l'encourager, il leva la voix :

AFRIQUE, si tu ne prends pas conscience de ta stérilité, les autres ne le feront pas à ta place.

Le Monde t'a répudié car tes fils ne songent qu'à songer.

Tes filles ne veulent cesser d'enrichir Dior, au lieu de le faire pour O'Sy[32].

La cécité a voilé tes yeux et Paul ne veut t'éclairer la voie de la montagne aux milles épines.

Ta voix est devenue muette et Abdou ne veut parler que pour lui-même.

Tes ainés ne veulent jamais laisser à tes cadets le fond de la marmite.

Tu essais de sourire mais tu vois personne t'amuser, car tous sont partis au champ de repos.

Le consolateur des inconsolables se promenait un soir, quand il entendit un de ses semblables versait longuement des larves

---

[32]Petite marque de vêtements imaginaire qui se trouve en Afrique.

de volcan. Il pénétra alors dans la maison et y trouva une fillette. Il lui demanda les raisons de ses pleurs.

La fille lui répondit ceci :

– Maman a été kidnappée par des brigands et Papa est mort. Il ne me reste plus rien au monde.

C'est ainsi qu'il l'a prit et l'amena chez lui, dormir sur le même lit que ses petites sœurs. Chaque nuit, il composait pour elle des histoires de papillons, de l'eau douce du fleuve qui envoyaient la petite fille aux pays des merveilles, où la tristesse et la solitude étaient bannies.

La voix de la voix de l'inaudible était comme morte. Elle avait composé des histoires, des chants dans le but d'apaiser les souffrances des miniers du Golgotha et de cicatriser les plaies des Syriens ; pour y parvenir, il déposa le manuscrit chez un éditeur. Après six mois ce dernier de lui répondre :

– Jeune homme, nous n'avons, malheureusement pas pu éditer vos lettres, car personne ne te connait.

Même les rivières coulaient :

Hommes nous sommes plus meurtries que vous car les brebis égarées viendront boire nos eaux polluées.

Les forets de bruire :

Rivières, nous sommes plus perdues que vous. La dame sècheresse et le monsieur désert viendront nous tenir compagnie.

Sols et sous-sols de trembler, car personne n'avertira en disant :

– Homme nous mourrons, si nous buvons d'un seul trait l'or noir.

Bamboula, au Moment où l'Afrique Meurt de Faim et de Soif

Le théâtre refusait du monde. Ils étaient là, depuis des heures; sapés de grands boubous éclatants ou de costumes confectionnés par les plus illustres couseurs de fils. Les soi-disant yeux du continent noir, enfouis dans des chaises rouges très confortables, avaient ouvert les yeux grandement et avaient aussi finement tendu les oreilles pour apprécier le spectacle.

L'orchestre faisait dérober la salle de la terre. Les tambours major et les *bongo-mans* faisaient résonner les instruments de leur mieux, ce qui excitait le public et deux garçons à danser avec un Très, Très, Très grand manque de pudeur. Avec les plus mélodieuses vibrations de leurs cordes vocales, les chœurs accompagnaient la voix étincelante du leader vocal qui louait les preneurs de décisions, les guides spirituels et artistes présents. Ravis, enchantés et émus ces bras vigoureux du continent noir, comme des machines de billets verts, concurrençaient le meilleur distributeur devant les médias. Un gars ramassait les milliards de billets que les index du chanteur ne pouvaient contenir.

Dehors à côté des *4x4, des ranges rover, des hummers...*, Maman luttait contre le vent et le froid avec un morceau de T-shirt et un vieux *wax* délabré. Des larmes sèches s'échappaient de ses yeux aveugles. Afrique, mains rongées et jambes coupées, par l'entremise d'un pot de tomate, quémandait aux biens portants qui sortaient fraichement du théâtre et se dirigeaient vers leurs voitures. A cet effet, ils devinrent sourds, muets et aveugles ; insensibles aux appels d'Afrique, leur mère nourricière que leurs garde-corps rapprochés faillirent écraser en la dégageant de la voie que devait emprunter les demi-dieux.

Chut !

Le muezzin marqua d'une voix mélodieuse la fin de la prière sainte du vendredi. Informé, un enfant dont la minuscule silhouette laissait deviner ses 5 ans enflamma une pluie de coups de chapelet sur la tête d'un autre qui devait avoir 10 ans de plus. Ce dernier surpris demanda à son bourreau :

– Hi ! Pourquoi m'as-tu frappé ?

– Quand on prie, on ne chahute pas.

– Pourquoi l'as-tu frappé ?

– Grand, toi aussi on doit te corriger.

En Quêtes d'Identités

La boite crânienne du corps sans vie du jeune homme gisait sur le trottoir, naviguant sur un énorme océan de globules rouges.

Une foule énorme de curieux l'entourait. Nombreux étaient impassibles. Certains tentaient de faire quelques choses, en contactant sans succès les sapeurs-pompiers.

D'autres, qui ne pouvaient plus supporter l'horrible scène, versèrent une rivière de larme, parmi eux une femme sortit un pagne d'un sachet en plastique et couvrit le corps sans vie.

Lorsque les sirènes des voitures de la police suivie des sapeurs se firent entendre, la masse humaine commença à se fondre petit à petit.

Les sentinelles de la loi constatèrent l'évènement par des écrits et par des photos prises respectivement par l'inspecteur Wagué et l'agent Sarr. Les sapeurs firent aussi leurs rôles en ramassant et enveloppant le cadavre du jeune homme dans un sac en plastique que traversait une fermeture avant de disparaître avec.

L'inspecteur Wagué se rapprocha de quelques curieux. Certains interrogés ne révélèrent rien, par contre d'autres acceptèrent de témoigner. L'inspecteur activa alors le dictaphone de son smartphone.

« Je m'appelle Gallas Niang et je suis rabatteur au garage taxi de Xuja Bajan. Nous étions assis sur les bancs du Café du garage et discutions sur les problèmes de la société, quand nous vîmes un camion qui roulait à toute allure heurter le jeune homme qui était à bord du jakarta que vous voyez là-bas, la moitié en éclat. Le jeune homme heurté violemment atterrit sur le trottoir avec une tête séparée en deux. Le chauffard ne s'arrêta pas. Voilà ce qui s'est passé sur la route Nationale 23, ce 11 décembre 2015 aux environs de 15h. »

Un autre s'approcha et tendit un bout de papier à l'inspecteur. L'homme qui préférait rester dans l'anonymat avait griffonné le numéro d'immatriculation du véhicule. L'inspecteur ne reçut pas d'autres informations.

Aidé par son collègue photographe, il ramassa les débris des pièces de la moto, pris le Jakarta et embarqua le tout dans l'arrière de la voiture de service. Le boulot se termina par ce geste et ils prirent le chemin du commissariat.

*

* *

Wagué était un jeune inspecteur qui venait fraichement de sortir d'école. Cet accident était le premier cas qui tomba entre ses mains. Après avoir lu le rapport de Wagué, le commissaire lui confia l'enquête.

Il prit soin d'esquisser un programme :

– Chercher l'identité du cadavre ;

– lancer un avis de recherche du chauffard conduisant le camion d'immatriculation RTG 2597 RY.

Il se mit aussitôt au travail, en envoyant par mail ou fax un mandat d'arrêt du propriétaire du poids lourd dans toutes les postes de police du pays. Après il commença l'identification du cadavre. Il se rendit d'abord à la caserne des sapeurs-pompiers, pour savoir dans quelle morgue dormait le cadavre du jeune homme. Il lui a fallu une heure de temps pour que la secrétaire lui donne des informations sur papier lui indiquant que le cadavre était dans la morgue de l'hôpital principal de la ville.

L'inspecteur s'y retrouva immédiatement. Il avait du mal à identifier le cadavre car presque tous les tiroirs, qu'il ouvrait, contenaient des cadavres en état de décomposition.

Les coupures d'électricité et l'absence de groupe électrogène étaient les causes principales.

– Pourtant, vous avez reçu le cadavre hier. Donc il ne devrait pas se poser de problèmes, dit-il, à l'agent détaché à la morgue.

– Le problème est que je suis nouveau. En plus, comme vous le constatez, mon prédécesseur n'a pas posé des étiquettes montrant le numéro d'arrivé, la date et l'heure. Des Informations de taille qu'il aurait pu donner, pour nous faciliter la tâche.

Lorsqu'il finit de répondre à l'inspecteur, il tira un tiroir et le chercheur reconnu immédiatement le corps en voyant la tête partagée en deux.

Il releva alors les empreintes et demanda à son guide les habits du cadavre. L'agent de lui répondre avec stupéfaction:

« Sont incinérés tous les habits des inconnus.»

Wagué n'ajouta qu'un remerciement à l'agent et se retira.

De retour au commissariat, il envoya les empreintes de l'inconnu dans un laboratoire biométrique. Puis commença à inspecter minutieusement la moto.

Les deux roues, dont l'accident avait presque déchiqueté, étaient de marque K.T.M de couleur rouge noire. Des autocollantes désignaient les appartenances religieuse, confrérique et philosophiques du propriétaire. Il n'y avait pas de plaque d'immatriculation.

Le sigle K.T.M lui rappela une signification populaire : Kay tedi morgue ba. Le nombre considérable de morts causé par les motos jakarta de cette marque était à l'origine de cette appellation. Kay tedi morgue ba signifie littéralement: viens te coucher à la morgue.

L'inspection ne révéla rien.

Une heure plus tard l'inspecteur reçu l'identité des empreintes du cadavre. Raku Hervé, nom que révélait la carte d'identité était âgé de 27 ans et né à Dea, une banlieue de la ville, où il avait fait l'accident. Wagué annonça au commissaire les résultats des enquêtes.

Et le chauffard ? Demande le supérieur.

– Aucune nouvelle.

Le commissaire s'excusa et accepta l'appel téléphonique.

Un instant plus tard, il déposa le téléphone et dit à son subalterne:

– La poste de la gendarmerie de la frontière vient de m'annoncer que le camion a été retrouvé dans le sud en route vers Nocry. La gendarmerie s'occupe du chauffard. Cherche les parents du cadavre et avise-les. Tu peux disposer.

L'inspecteur s'exécuta.

*

* *

Wagué et un agent de la police de la banlieue de Dea étaient assis dans les fauteuils élimés de la maison des Raku et discutaient avec une femme. En effet, Wagué avait débarqué dans la banlieue dans le but d'informer la famille Raku du décès de leur fils. Mais ne connaissant personne dans la localité pouvant lui pointer du doigt la maison convoitée, il passa à la police pour être guidé. Un agent mandaté à ses côtés par le commissaire lui montrait la voie en demandant aux gens qu'ils rencontraient la maison des Raku. Après maintes demandes, ils avaient trouvé la bonne adresse. Lorsqu'ils franchirent la porte, une mince femme les avait mise à l'hospitalité. C'était la mère d'Hervé.

Après les salutations et les présentations, l'inspecteur emprunta quelques formules religieuses, en faisant part à la dame du décès de leur fils dans un accident. La femme était sans émotion et accepta la décision divine en disant :

– Nous sommes tous appelés à répondre à cette voie divine. Wagué remit un papier à la dame qu'elle présentera à la morgue pour retirer le corps d'Hervé et ils prirent congé.

*

* *

Dans la case éclairée par une lampe à pétrole, les dignitaires de Ku étaient assis sur le sol en formant un cercle autour du corps d'Hervé vêtu tout de blanc et couché sur des branches d'arbres. En effet, la tradition des Ku, dont étaient issus les Raku, n'autorisait pas l'enterrement de ses morts en dehors de la terre des ancêtres. Les funérailles commençaient par une scène au cours de laquelle les gardiens de la tradition ,accompagnés de deux membres de la famille du mort, écoutaient le récit des branches d'arbres sacrés sur lequel le corps sans vie était étendu. Le récit décrivait les péripéties qui ont conduit à la mort et désignaient la nature: naturelle ou pas et les acteurs. Si ces deux règles n'étaient pas observées, un double de la mort hanterait la famille, provoquant ainsi un cycle de malheur aboutissant souvent à des décès.

Voilà pourquoi la famille Raku s'était automatiquement mise sur la route pour rejoindre son village situé à 500km de Dea, où elle avait élu domicile depuis plusieurs années à cause de la fonction qu'exerçait Papa Raku. Les villageois les accueillirent et compatirent à leur douleur. Ils commencèrent à préparer les funérailles. Le père gardien de la tradition fit appel à ses collèges et conduisit Papa et Maman Raku et le corps inerte de leur fils dans la case sacrée.

Le gardien versa du vin de palme autour du corps et le récit commença.

« Hervé Raku est mort par accident. Il a été, en effet, percuté par un camion à bord d'un Jakarta qu'il conduisait sur la route nationale 23, le 11 décembre 2015, quand il s'apprêtait à se rendre à la station de mototaxi-Jakarta pour prendre des probables clients. »

Les deux auteurs se regardèrent. Au fait, ils ne savaient pas que leur fils travaillait comme chauffeur de mototaxi-Jakarta. Hervé était chômeur. Il avait très tôt abandonné l'école et n'avait pas appris un métier, par conséquent il n'avait pas de travail.

Le récit continua :

« La société l'asphyxiait et le poussait à devenir Jakartaman. En effet, il n'en pouvait plus, il lui fallait une identité. Tous lui criaient à l'oreille: tu dois impérativement devenir quelqu'un et avoir une place dans la société.

Le manque de travail avait poussé sa famille à le considérer comme une chose, son père ne parlait plus avec lui, ses amis d'enfance le fuyaient comme s'il était un sorcier, aucune fille ne voulait sortir avec lui. Face à ce rejet social, il se mit à chercher son identité, il voulait ipso-facto résoudre la question « Qui suis-je ? ». Il pensa : « seul le travail me permettra de devenir un être humain ». Cela le conduisit à agresser un homme et à dérober le Jakarta. La victime succomba à ses blessures 23h plus tard. Or, quiconque tue une personne, selon la tradition, sera puni par les dieux. Hervé ne pouvait pas être au courant de ces interdits de la tradition car il n'avait pas bu ma sève nourricière, puisqu'il n'est dormi ni dans la case de l'homme de ses aïeuls, encore moins dans le bois sacré et il n'avait non plus écouté les contes nocturnes du son village.»

Les branches n'ajoutèrent aucun mot et le patriarche leva l'assemblée par ces mots :

– l'enterrement aura lieu demain au petit matin comme le veut la tradition.

Table des matières

Préface...7

Prologue...13

A la Sortie de l'Etouffant Tunnel était une Tombe..........................14

La Maison de mon Père...27

Ste Pié7 d 5 Fr...30

Génération S.M.S..31

Petit Camp...34

Groupe Scolaire Marché Sandaga..38

Matinée ou Maternité ! Folklores ou folles colors ?...................39

Ceebu Jeen..44

Le Château...47

Gnew Gnew Gnew..51

Le Petit Prométhée ne sera pas un Ecrit-vain............................52

Bamboula, au Moment où l'Afrique Meurt de Faim et de Soif.......56

Chut !..58

En Quêtes d'Identités 59

Printed in Great Britain
by Amazon